Elfi Böhm

Die goldene Brosche und andere Geschichten

Elfi Böhm

Die goldene Brosche und andere Geschichten

Rediroma-Verlag

Bibliografische Information der Deutschen Nationalbibliothek:
Die Deutsche Nationalbibliothek verzeichnet diese Publikation in der Deutschen Nationalbibliografie; detaillierte bibliografische Daten sind im Internet über http://dnb.ddb.de abrufbar.

ISBN 978-3-96103-109-2

Illustrationen: Elfi Böhm

www.rediroma-verlag.de
13,95 Euro (D)

INHALT

DIE GOLDENE BROSCHE

Meine Mutter arbeitet rund um die Uhr, damit sie unseren Lebensunterhalt bestreiten kann. Tagsüber ist sie als Küchenhilfe, im nahegelegenen Gasthaus angestellt, in der Nacht reinigt sie die Regale in einem Supermarkt. Sie kocht mir leckere Speisen und räumt mein Zimmer auf.

Seit uns Papa verlassen hat, leben wir bescheiden und können uns nichts leisten. Mutter dreht jeden Cent dreimal um, bevor sie ihn ausgibt. Ich kann es einfach nicht verstehen, dass sie nur ans Sparen denkt. Ich dagegen möchte immer nur Geld für schöne Dinge ausgeben. Es ist schön, ein Dach über dem Kopf zu haben, um ein glücklicher Mensch zu sein. Aber das ist nichts für mich. Für mich bedeutet Glück, an materiellen Dingen zu hängen. Ein großes Haus zu besitzen, schicke Autos zu fahren oder Urlaub unter Palmen zu verbringen. Und ich weiß, irgendwann wird der Tag kommen, wo sich dieser Wunsch erfüllen wird.

Und heute, an meinem 18. Geburtstag, wird Mutter das hoffentlich genauso sehen wie ich. Ich denke mir, dass sie vielleicht doch einiges an Geld angespart hat und mir in wenigen Minuten einen dicken Geldbetrag in einem Briefumschlag überreichen wird.

Sie wird dieses Mal nicht so kleinlich sein, um mich mit einem Regenschirm oder Kinobesuch abzuspeisen. Sie wird „Bares“ für mich springen lassen.

Damit werde ich Fahrstunden nehmen, den Führerschein bezahlen und wenn dann noch ein großer Rest vom Geld übrig ist, mir ein Auto davon kaufen.

Vielleicht steht der „Flitzer“ gar schon vor der Eingangstür?

Ich war ganz fest in Gedanken versunken, als ich Schritte auf meine Zimmertür zukommen hörte.

Das wird Mutter sein, die mit einer Flasche Sekt und einem Strauß roter Rosen in mein Zimmer kommen wird. Danach wird sie sagen: „Rosa, mein Liebling, schau aus dem Fenster, dort drüben auf dem Parkplatz steht etwas für dich. Jahrelang hab ich dafür gespart, um dir dies jetzt zu übergeben.“

Und ich werde schnell zum Fenster eilen, den Vorhang zur Seite schieben – und da wird es stehen, mein wunderschönes Auto. Dann werde ich mich chic machen, meine Schuhe mit den hohen Absätzen anziehen und das Auto starten. Meine Freundin Vanessa anrufen und sie zu einer Ausfahrt überreden.

Da klopft es an die Tür.

„Darf ich dein Zimmer betreten, Rosa?“ fragt die Mutter, trat ein und begann zu singen.

Dann war es endlich soweit.

Sie überreichte mir eine kleine Schachtel und sprach: „Liebe Rosa, mit diesem Geschenk möchte ich dir eine große Freude bereiten – alles Gute zu deinem Geburtstag, mein Liebling."

Ich drehte und wendete das Päckchen und war fest davon überzeugt, dass sich darin der Autoschlüssel befindet. Und wenn doch nicht, dann hat sie sich vielleicht die große Mühe gemacht, mir viele klein zusammengefaltete Geldscheine ins Päckchen gelegt.

Ich riss das Papier herunter und öffnete ganz aufgeregt die kleine Schachtel.

Da sah ich ein goldenes Ding und in meinem Gesicht stieg Zornesröte hoch.

„Was soll das! Eine Brosche? Und noch dazu eine mit diesen hässlichen rosaroten Steinen darauf. Ich hoffe, dass es Rubine sind. Denn ich mag nur diese Edelsteine. Wenn schon – denn schon!"

„Nein, meine liebe Tochter, ich muss dich enttäuschen. Ich habe einmal in einem Schmuckkatalog geblättert und dabei gesehen, dass sie böhmischen Granaten ähneln. Das sind wunderschöne Schmucksteine, in früheren Zeiten wurden sie auch Karfunkel genannt."

„Was gehen mich die früheren Zeiten an? Ich lebe im Hier und Jetzt. Alte Frauen tragen solchen Schmuck und bin ich vielleicht eine alte Frau?"

„So, liebe Rosa, jetzt ist aber Schluss! Du hast den Bogen überspannt. Ich habe gesehen, dass dir das Schmuckstück keine Freude bereitet. Ich nehme es wieder an mich und wer weiß, vielleicht macht es jemand anderes glücklich."

Meine Mutter setzte sich auf den Sessel und ich hörte, wie sie zu weinen begann. Da sie kein Taschentuch bei sich hatte, nahm sie ihre faltigen Finger und trocknete damit die Tränen. Dann sah sie mich an und sprach mit lauter Stimme:

„Diese Respektlosigkeit gegenüber einer Mutter, das hätte es in **meiner** Zeit nicht gegeben! Mein Gott, wie sich doch alles in den letzten Jahren verändert hat!"

Ich wollte mich entschuldigen, konnte es aber nicht. Ich war viel zu stolz dazu.

„Rosa, komm her und setz dich zu mir, ich möchte dir etwas erzählen. Als **ich** ein Kind war, wohnte ich mit meiner Großmutter in einem kleinen Zimmer. Ich weiß noch, da stand der Herd, in der anderen Ecke ein Geschirrkasten und daneben der Küchentisch. Auf diesem befand sich die Nähmaschine, die zu jeder Tages- und Nachtzeit griffbereit war. Irgendetwas musste immer genäht oder geändert werden. Einmal war der Saum des Mantels heruntergerissen oder ein neuer Kopfkissenbezug sollte geschneidert werden. Ein anderes Mal war die Hose zu kürzen, oder der Kleiderbügel musste mit Stoff überzogen werden.

Meine Großmutter war im Nähen sehr geschickt und fertigte für die Leute in der Nachbarschaft die verschiedensten Kleidungsstücke an.

Als Dankbarkeit gaben sie ihr ein paar Münzen, die sie in eine alte Blumenvase verstaute, welche sie ganz rückwärts im Geschirrkasten versteckte.

Oft saß ich neben Großmutter und sah ihr beim Nähen zu. Ich konnte es nicht glauben, dass sie zaubern konnte. In der Früh lag noch ein Stück Stoff über dem Sessel, am Abend hing schon ein fertig genähtes Ballkleid am Kleiderbügel. Immer mehr Leute kamen und ließen sich von ihr die schönsten Kleider schneidern.

Das hörte auch ein reicher Herr aus einem fernen Land. Er kam mit bunten Seidenstoffen in unsere kleine Wohnung und wollte für seine Frau mit den

14 Kindern, 7 Köchen, 9 Kindermädchen und 21 Angestellten schöne Kleider geschneidert haben.

Und sie sollten in zehn Tagen abholbereit sein.

Großmutter zeichnete verschiedene Linien auf ein Stück Papier und übertrug das Ganze auf den Stoff. Dann nahm sie die Schere zur Hand und schnitt in den teuren Seidenstoff. Danach setzte sie sich zur Nähmaschine und nähte, was das Zeug hielt. Tag und Nacht.

Ich half, wo ich nur konnte. Mit meinen kleinen Händchen fädelte ich den Faden in die Nadel, damit sie schneller fertig nähen konnte.

Die zehn Tage waren um und der reiche Herr stand vor unserer Tür.

„Du haben fertig die Kleider?“, fragte er. Er konnte unsere Sprache nicht so gut sprechen, denn ich hab dir schon erzählt, dass er aus einem fernen Land kam. Großmutter aber verstand ihn. Sie nickte, holte die 52 wunderschönen Kleider und übergab sie ihm.

„Ich kein Geld, ich nur viel Gold, Schmuck und Perlen“, sprach er und drückte ihr eine Brosche in die Hand. „Viel aufpassen auf Brosche, viel wert, nicht verlieren. Du nur verkaufen, wenn du willst. Du schon machen das Richtige“, sagte er und ging mit den Kleidern unter dem Arm davon.

Großmutter suchte ein Versteck für die Brosche. Da sich aber im Zimmer nur der Küchentisch, der Geschirrkasten, sich aber in diesem schon die Blumenvase befand, sowie in der Ecke das Bett stand, legte sie die Brosche unter die Schlafstätte, und zwar in die hinterste Ecke.

Nachdem meine Großmutter vor vielen Jahren verstorben war und ich das Zimmer gereinigt hatte, sah ich die Brosche unter dem Bett liegen. Ich dachte mir, irgendwann kommt die Gelegenheit, sie einem lieben Menschen zu schenken. Damals wusste ich ja noch nicht, dass ich einmal eine Tochter haben werde. Meine Rosa. Und da du heute deinen 18. Geburtstag feierst, dachte ich mir, dir mit dieser Brosche eine große Freude zu bereiten. Aber anstatt sich zu freuen warst du sehr böse mit mir. Du undankbare Tochter! Und jetzt mache ich folgendes: Ich werde die Brosche zu einem Schätzmeister bringen, der wird mir den genauen Wert mitteilen.

Bekomme ich nicht viel Geld dafür, spende ich es der Schneiderei, die um die Ecke ist. Einige Stecknadeln, vielleicht ein bis zwei neue Scheren, eine Schachtel Sicherheitsnadeln, das wird sich schon ausgehen.

Wenn der Wert der Brosche größer ist, werde ich diesen Betrag an die Schule spenden, die Schultafeln müssen erneuert werden, sie sind schon sehr zerkratzt.

Und wenn ich ganz viel Geld dafür erhalte, bekommt der Tiergarten ein neues Gehege.

Die Bären und Tiger sind schon einige Male von dort entlaufen und konnten von den Wärtern eingefangen werden."

Sie verstaute die Brosche in der Einkaufstasche, lief die Straße hinab und verschwand hinter einer großen Geschäftstür.

„Herr Schätzmeister, ich habe hier eine goldene Brosche mit rosaroten Steinen. Ich glaube, es sind böhmische Granaten und meine Großmutter hat sie vor vielen Jahren von einem reichen Herrn aus einem fernen Land geschenkt bekommen. Bitte, wie viel ist diese Brosche wert?“ fragte sie den Mann, der mit einer Lupe ganz genau die Steine der Brosche betrachtete.

Plötzlich fiel er vom Sessel und stammelte ganz leise: „Mir ist schlecht, das sind keine böhmische Granaten, es sind rosarote Brillanten.

Das sind die teuersten Edelsteine der Welt. Nur einige Könige und Kaiser haben solche Steine in ihren Schatzkammern. Der Wert dieser Brosche wird auf 500.000 Euro geschätzt."

Ganz vorsichtig krabbelte der Schätzmeister wieder auf seinen Sessel zurück und nahm einen Schluck aus seiner Wasserflasche.

„Diese Brosche muss sofort mit der Polizei und dem Wachdienst abtransportiert werden, damit sie in der Vitrine im Museum ihren Platz findet. Besucher könnten dort dieses wunderbare Schmuckstück bestaunen."

Dass Menschen in das Museum gehen, eine Eintrittskarte kaufen, um diese Brosche zu sehen, das wollte meine Mutter auf keinen Fall.

So ging sie mit der Brosche zum Sparkassendirektor. Der war überaus freundlich, öffnete die Schublade seiner Kassa und übergab ihr 500.000 Euro in Geldscheinen.

Sie war sehr glücklich, denn jetzt konnte sie mit dem vielen Geld eine Menge Menschen glücklich machen.

Die Kinder im Kindergarten bekommen ein neues Spielzimmer, die Schulen neue Schultafeln, der Tiergarten erhält an den Käfigen neue Türschlösser, die Schneiderei um die Ecke bekommt eine neue Nähmaschine, die Parkanlage wird mit neuen Laternen ausgestattet, das Kino erhält eine neue Leinwand, die Toilette am Bahnhof bekommt neue Klobrillen, das Pfarrhaus einen neuen Opferstock, das Krankenhaus schleimlösende Hustensäfte, der Supermarkt ein neues Regal und das Gasthaus, wo ich tagsüber als Küchenhilfe arbeite, eine neue Salatschüssel.

Dann holte sie die verstaubte Vase aus der Ecke des Küchenkastens, worin meine Großmutter das Ersparte vom Nähen verstaute.

Sie war voll mit Münzen.

„Und, Rosa, was soll ich mit dem Geld in der Vase machen? Nochmals dem Krankenhaus schleimlösende Hustensäfte oder wiederum neue Klobrillen für die Bahnhofstoilette kaufen?“

„Bitte, Mama, schenk mir den Inhalt der Vase. Ich könnte mir vielleicht etwas Schönes davon kaufen. Aber nein! Ich gehe zur Sparkasse und lege ein Sparbuch an. Und wer weiß, vielleicht kann ich auch einmal davon lieben Menschen große Freude bereiten. So, wie du es getan hast, liebe Mama.“

DER HUNDEFLOH PHILIPP

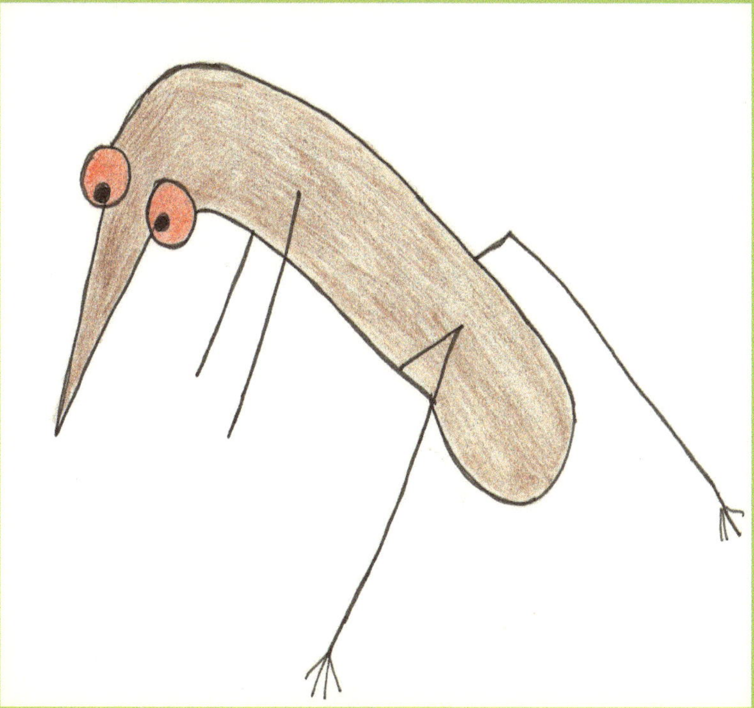

Das Ehepaar Willibald und Klara Popelmann verstaute seine Koffer im Auto und trat die Heimreise an. Sie hatten einige Tage im sonnigen Süden verbracht. Frau Popelmann hatte für ihre Kinder noch einige Geschenke gekauft. Gerade, als sie ins Auto steigen wollten, lief ihnen ein kleiner Hund entgegen.

Sie schauten nach links und rechts, aber niemand war in der Nähe, der sich um den Hund kümmerte. „Weißt du was", sagte Frau Popelmann, „den Hund bringen wir unseren Kindern mit."

Bevor Herr Popelmann noch etwas sagen konnte, hob sie das Tier hoch, verstaute es im Auto und sie fuhren ab.

„Hoffentlich hat er keine Flöhe", sagte er.

„Papperlapapp, warum soll er welche haben?“, antwortete seine Frau.

Daheim angekommen, warteten schon die Kinder Hedwig, Blasius, Edeltraud und Kunigunde vor der Tür.

„Was habt ihr uns aus dem Urlaub mitgebracht?“, rief Hedwig. Und als Frau Popelmann den kleinen Hund aus dem Auto hervorholte, war die Freude riesengroß.

Sie küssten und umarmten ihn. Am Abend durfte ihn der kleine Blasius mit in sein Bett nehmen.

Es dauerte nicht lange, da öffnete sich die Tür zum Schlafzimmer und Blasius stand darin.

„Es juckt so schrecklich“, weinte er und Frau Popelmann zog ihm seine Pyjamajacke hoch.

„Was ist das“, schrie sie. Der Rücken war mit Quaddeln und Pusteln übersät.

„Der Hund hat Flöhe,“ rief Herr Popelmann.

Er durchsuchte das Fell des kleinen Hundes, als er aber nichts finden konnte, nahm er seinen Kamm aus dem Badezimmerschrank und bürstete den Hund von oben bis unten und von vorne bis hinten.

Da passierte es. Ein winzigkleiner, brauner Floh fiel auf den Teppich.

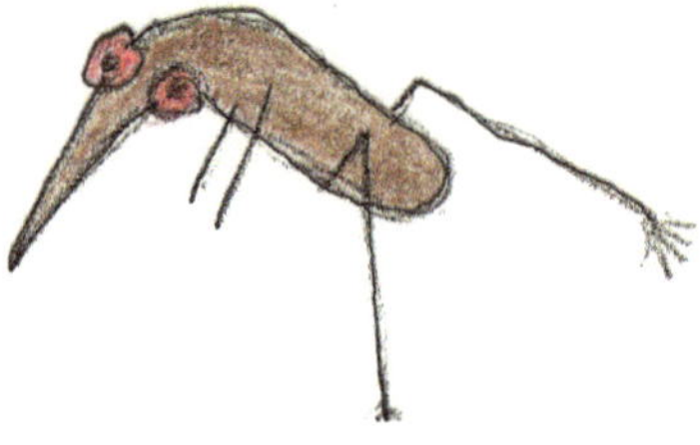

„Weg mit dem Blutsauger, der richtet Schaden an“, rief Herr Popelmann, suchte eine leere Zündholzschachtel und steckte den Floh hinein. Der konnte seine langen Sprungbeine nicht so schnell einziehen, da machte Herr Popelmann schon den Deckel der Zündholzschachtel zu.

„Au, mein Bein!“ schrie der Floh und als er in der Dunkelheit nach seinen Sprungbeinen tastete, bemerkte er, dass ein Bein abgetrennt war.

„Was mach ich jetzt nur? Zum Springen brauche ich meine beiden Sprungbeine“, jammerte er in der Zündholzschachtel.

Sein Weinen hörten auch Hedwig, Edeltraud und Kunigunde.

Am nächsten Tag nahmen sie die Zündholzschachtel und gingen in die Tierarztpraxis zu Doktor Eisenmann. Der nahm den Floh aus der Schachtel, legte ihn in seine Hand und untersuchte ihn.

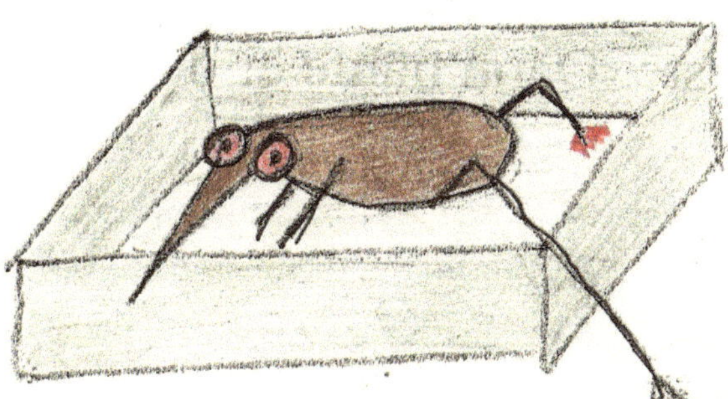

„Dem Floh fehlt ein Sprungbein“, stellte er nach der Untersuchung fest. „Ihm wird eine Prothese angepasst und dann muss er einige Tage in der Tierarztpraxis bleiben.“

„Was ist eine Prothese?“, fragte Kunigunde.

„Prothese oder Holzfuß, man kann beides dazu sagen,“ antwortete Doktor Eisenmann.

Der Floh wurde in ein Krankenbett gelegt und in den Operationssaal gefahren. „Wie ist sein Name?“, fragte Doktor Eisenmann. „Ich muss nämlich einen Krankenbericht schreiben“.

Kunigunde überlegte nicht lange und gab dem Floh den Namen „Philipp“.

„Darf ich während der Operation anwesend sein?“, bettelte sie und Doktor Eisenmann nickte mit dem Kopf.

„Wir gehen inzwischen nach Hause“, meinten Hedwig und Edeltraud, denn sie wollten nicht so lange warten.

Doktor Eisenmann legte eine Maske auf Philipps Gesicht, worauf er ein wenig Äther träufelte. Dann schlief der Floh ein. Der Doktor nahm verschieden große Holzfüße aus dem Schrank und probierte solange, bis einer passte. Dann nähte er ihn an.

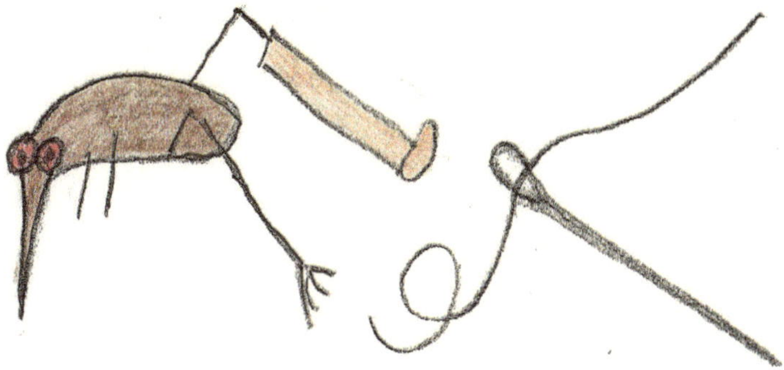

Kunigunde saß während der Operation neben Philipp, und als er aus der Narkose erwachte, freute sie sich.

Wie klapperte es, als er mit dem Holzfuß auf der Tischplatte auf und ab ging. „Tock, tock, tock«, hörte man von weitem.

Der Floh war verzweifelt. „Nie wieder werde ich springen können!“

Doch Kunigunde sprach ihm Mut zu. „Das wird schon wieder!“

Dann wurde Philipp aus der Tierarztpraxis entlassen. Kunigunde nahm die Zündholzschachtel und legte Philipp ganz vorsichtig hinein.

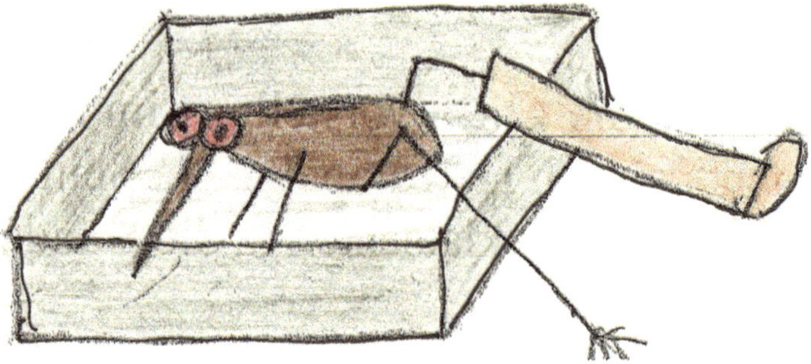

Sie lief mit ihm nach Hause, wo Hedwig, Edeltraud und der kleine Blasius schon sehnsüchtig darauf warteten, den Floh zu sehen. Sie zeigte ihn den Geschwistern.

Anschließend legte sie ihn in die Schublade ihres Nachtkästchens. Jede Nacht nahm sie Philipp aus der Schachtel, damit er Springübungen machen konnte.

„Bravo, Bravo, jeden Tag springst du höher“, sagte sie ganz leise zu ihm. Sie musste mit ihm heimlich üben, denn wenn die Eltern gewusst hätten, dass Philipp noch im Haus ist, wer weiß?

Vielleicht hätte ihn Herr Popelmann aus dem Fenster geworfen oder vielleicht gar zerquetscht?

Am nächsten Tag, als die Familie beim Frühstück saß, nahm Herr Popelmann die Morgenzeitung, blätterte darin und las laut vor:

„Der Zirkus ist da und der Zirkusdirektor sucht noch begabte Tiere für die Abendvorstellungen. Bitte bei Zirkusdirektor Ambroselli melden."

„Wäre nett, wenn wir die Abendvorstellung besuchen könnten", sprach Herr Popelmann. Seine Frau und die Kinder freuten sich und klatschten in die Hände.

Als der Frühstückstisch abgeräumt war, ging Kunigunde zu ihrem Nachtkästchen, holte die Zündholzschachtel aus der Lade und lief zum Zirkuszelt.

Vor dem Wohnwagen des Zirkusdirektors Ambroselli wartete schon Frau Henriette Weintraub mit einem Perlhuhn, Herr Konrad Biegezahn mit einer Fledermaus und Frau Klothilde Grips mit einem Maulwurf.

Sie fingen untereinander zu streiten und zu stoßen an, jeder wollte zuerst beim Zirkusdirektor sein. Kunigunde aber stellte sich mit Philipp in der Zündholzschachtel ganz hinten an.

Der Zirkusdirektor stieg aus seinem Wohnwagen und sah, wie Kunigunde ganz ruhig dastand und auf ihn wartete. Währenddessen schlug Frau Henriette Weintraub mit ihrem Perlhuhn auf den Maulwurf der Frau Klothilde Grips, und Herr Konrad Biegezahn mit seiner Fledermaus auf Frau Henriette Weintraub ein.

„Kleines Mädchen, komm her zu mir“, rief er. „Welches Tier hast du mitgebracht?“

„Philipp, einen Hundefloh! Er hat durch einen Unfall ein Sprungbein verloren und erhielt von Doktor Eisenmann einen Holzfuß angepasst. Und er kann sehr hoch springen, für mich ist er der Beste!“, antwortete Kunigunde.

Sie ging mit dem Zirkusdirektor in das Zirkuszelt und holte Philipp aus der Zündholzschachtel. Ganz vorsichtig hielt sie ihn in der Hand und flüsterte ihm ins Ohr, „du schaffst es“, und setzte ihn anschließend auf einen Tisch.

„Tock, tock, tock“, hörte man seinen Holzfuß auf der Tischplatte klappern und dann machte er einen Sprung! Der Zirkusdirektor hielt seinen Atem an. So etwas hatte er noch nie gesehen. Philipp war bis unter die Zirkuskuppel gesprungen.

„Das wird die Attraktion des Abends“ rief er. „Philipp ist bei mir unter Vertrag, wird auf der ganzen Welt gezeigt und die Menschen werden viel Freude mit ihm haben."

Der Floh sprang wieder zurück in die Zündholzschachtel und Kunigunde lief schnell zu ihrer Familie.

„Kinder, die Abendvorstellung im Zirkus beginnt", rief Herr Popelmann, nahm seine Frau, den kleinen Hund und alle liefen zum Zirkus.

Viele Menschen drängten sich in das Zirkuszelt. Die Musik begann zu spielen, der Zirkusdirektor Ambroselli trat hervor und begrüßte die Gäste.

Jetzt zeigten die Tiere ihre Kunststücke. Ein Pudel sprang über eine Maus, ein Huhn gackerte und legte ein Ei, ein Pferd hob sein Bein.

Bevor aber die Veranstaltung zu Ende war, nahm der Zirkusdirektor die Zündholzschachtel, öffnete sie und stellte sie auf eine Tischplatte. Trompeten und ein Trommelwirbel ertönten.

Philipp machte einen kurzen Anlauf. „Tock, tock, tock“, hörte man das Klappern seines Holzfußes und dann sprang er bis unter die Zirkuskuppel. Die Zuschauer klatschten und riefen vor Begeisterung: „Bravo!“

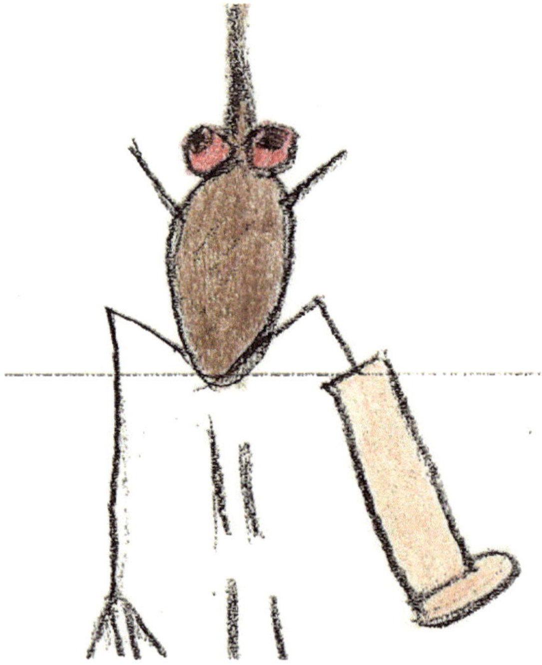

Am nächsten Morgen, als Klara Popelmann mit ihrem Mann Willibald, den Kindern Hedwig, Blasius, Edeltraud und Kunigunde beim Frühstück saßen, kam der Postbote mit der Morgenzeitung. Auf der Titelseite konnte man lesen:

„Ich suche KEINE begabten Tiere mehr für meine Abendvorstellungen. Der Hundefloh Philipp ist der Beste!“
Der Zirkusdirektor Ambroselli

Familie Popelmann las ganz stolz diese Zeilen.
„Unser Philipp mit dem Holzfuß ist der Beste“, sprach Kunigunde.
„Und unser kleiner Hund hat keinen Floh mehr“, rief Blasius.

Sie sahen sich an und lachten.

DER HOCHZEITSSTRAUSS

„DER MAI IST GEKOMMEN, DIE LUFT IST GANZ KLAR,
DIE BIENEN SUMMEN UND SIND NICHT MEHR STARR,
ES IST FEIN WARM UND NICHT MEHR SO KALT,
BIST DU NOCH LEDIG, ABER NICHT ALT,
DANN FINDEST DU HIER IN DIESEM HAUS
FÜR DEINE LIEBSTE
DEN HOCHZEITSSTRAUSS.“

Von weitem konnte man dieses Leuchtplakat sehen. Tag und Nacht blinkte es am Dach der Gärtnerei. Mädchen blieben davor stehen und schauten hinauf.

Ganz schnell liefen sie nach Hause und fragten den Freund: „Schatz, möchtest du mit mir zur Gärtnerei spazieren?“

Und wenn seine Antwort ein „Nein, danke“ war, weil ihn der Regen beim Gehen störte, warteten die Mädchen, bis sich die Wolken verzogen. Gleich darauf fingen sie wieder zu fragen an: „Wäre es jetzt möglich, ein wenig nach draußen zu gehen?“

Und wenn er damit einverstanden war, kann ich mir schon denken, wie die Gedanken in den Köpfen der Mädchen arbeiteten.

„Jetzt muss ich ihn noch dazu bringen, mit mir zur Gärtnerei zu gehen. Damit es nicht gar so auffällt, was ich mit dem Spaziergang im Sinn habe, werde ich ihn am Pullover zupfen und mit meinem Zeigefinger auf das Plakat zeigen. Vielleicht begreift er dann, was ich ihm damit sagen will“, dachte sich Hildegard.

Dann war es soweit. Die Regenwolken waren verschwunden, die Sonne lachte vom Himmel. Fräulein Hildegard und Herr Alfons nahmen sich an den Händen und spazierten zur Gärtnerei.

Von weitem sah er schon das Plakat und begann laut zu lesen:

„Der Mai ist gekommen …“ Hildegard sah ihren Liebsten von der Seite an und konnte ein Lächeln erkennen.

„Weißt du, was, ich habe dieses Plakat schon vor einigen Tagen gelesen und nachdem wir schon viele Jahre ein Liebespaar sind, wollte ich dich heute abends fragen, ob wir es als Ehepaar versuchen möchten“, sprach Alfons.

Hildegard sprang vor Glück in die Höhe und küsste ihn.

„Also, das Hochzeitskleid habe ich von meiner Mutter geschenkt bekommen, den Schleier auch. Beides liegt schon griffbereit in meinem Kleiderschrank. Weiße Schuhe habe ich mir letztes Jahr im Urlaub in Italien gekauft. Was noch fehlt, ist ein Termin beim Herrn Pfarrer. Aber mit diesem werde ich heute noch telefonieren. Was mir aber sehr große Sorgen bereitet, ist, dass ich noch nicht weiß, wie mein Hochzeitsstrauß aussehen soll. Er soll wunderschön, etwas Besonderes, nichts Übertriebenes, ein ganz einfacher, wunderbar duftender Strauß sein, der mir auch noch nach Jahren Freude bereitet.“

Alfons und Hildegard gingen in der Gärtnerei die Wege entlang. Wunderschöne Blumen in Töpfen und Kästen wurden zum Kauf angeboten und zeigten sich von ihrer schönsten Seite.

„Kommt und kauft uns!“, riefen helle Stimmen. Die roten Rosen streckten ihre Köpfe in die Höhe, damit sie nur ja von Alfons und Hildegard entdeckt werden. Hildegard hob den Blumentopf in die Höhe, roch an den Rosen und stellte ihn beiseite. „Wenn man sich an den Dornen sticht, kann man daran verbluten. Weg damit!“

„Hurra, wir sind viel größer als ihr!“, riefen die Sonnenblumen den Rosen zu. „Wir werden gekauft werden, da sind wir uns ganz sicher. Denn keine andere Blume hat ein so schönes Gelb.“ Sie bogen sich und drehten ihre Köpfe nach Hildegard und Alfons, damit sie nur ja nicht übersehen wurden. „Sonnenblumen als Hochzeitsstrauß, das kann ich mir gar nicht vorstellen. Ich könnte zwar später etwas Öl aus den Sonnenblumenkernen pressen und über den Kartoffelsalat gießen, aber das würde vielleicht nur für eine Portion reichen“, sprach Hildegard und ging mit Alfons ein Stückchen weiter.

„Sieht uns denn keiner?“, riefen die blauen Blumen den anderen zu. „Okay, dass ihr schön seid, daran besteht kein Zweifel. Das Rot der Rosen ist kräftig und ihr duftet gut. Und dass ihr großgewachsen seid und euch immer nach der Sonne streckt, ist auch enorm. Wir aber können um einiges mehr als ihr. Wir läuten. Daher nennt man uns Glockenblumen!“, rief die blaue Blume.

Und sie bewegten ihre Köpfe von links nach rechts, von oben nach unten. „Wir können zu jeder Tages- und Nachtzeit läuten. Alle Blumen in der

Gegend können uns hören! Wir werden bestimmt von dem Liebespaar ausgesucht und gekauft!“

„Nein, nein, Alfons! Glockenblumen kann ich bei meiner Hochzeit nicht haben. Was ist, wenn sie während der Trauung zu läuten beginnen? Man würde den Organisten mit seinem Orgelspiel nicht mehr hören. Unser schönes Fest wäre damit gestört“, äußerte sich Hildegard und sie gingen weiter.

„Sieh nur, welche Pflanze hier aus dem Topf wächst! Auf dem Etikett steht:

„Ich bin eine fleischfressende Pflanze und fresse Fliegen“

„Kannst du dir einen Hochzeitsstrauß mit dieser Pflanze vorstellen?“ fragte Alfons.

„Nein, mein Lieber, mir gefällt diese Pflanze nicht. Das einzig Positive wäre, wir hätten während der Hochzeit keine Fliegen. Aber diese Pflanze würde besser in einen Stall zu den Pferden und Kühen passen.“

„Vorsicht, Hildegard, du hättest beinahe die kleinen Blumen niedergetreten!“ Und Hildegard hob noch schnell ihren Fuß in die Höhe.

„Alfons, schau, was zwischen den Bodenplatten wächst! Das sind Kamillen. Wie lange ist es her, dass ich diese Pflanzen gesehen habe! Da war ich noch ein Kind und meine Eltern hatten einen Kräutergarten, in dem Kamillen wuchsen.

„Diese bescheidene, kleine Kamille nehme ich. Sie ist so schön und passt wunderbar zu meinem Hochzeitskleid. Mit diesen Blumen schreite ich vor den Altar. Und wenn der Brautstrauß verblüht ist, trockne ich die Blütenblätter in der Sonne und bereite daraus guten Tee zu. Wenn wir zu viel Leberwurst mit Sauerkraut gegessen haben und davon Bauchschmerzen bekommen, trinken wir eine Tasse Kamillentee und alles wird gut.“

„Hallo, Herr Gärtner, wie viel kosten diese Kamillen, die hier am Wegesrand blühen? Ich möchte sie gerne kaufen.“

„Die sind kostenlos, nehmen Sie davon, so viel Sie möchten!“, antwortete er und brachte einen leeren Karton.

„Das wird ein ganz besonderer Hochzeitsstrauß, Alfons. Und wenn noch Blüten übrig bleiben, flechte ich daraus ein Kränzchen, das ich mit dem Schleier am Kopf befestige.“

Als die beiden die Gärtnerei verließen, setzte Lärm ein. Die Blumen in den Töpfen klatschten mit ihren Blättern um die Wette, lautes Bimmeln setzte ein. Die Glockenblumen läuteten, was das Zeug hielt. Sie freuten sich, dass die kleinen weißen Kamillen für den Hochzeitsstrauß ausgewählt wurden.

Einige Tage später fand das Hochzeitsfest statt. Die Kirche war mit den Blumen schön geschmückt und alles roch nach Kamillentee.

Hildegard war eine wunderschöne Braut. In der Hand hielt sie einen duftenden Hochzeitsstrauß und am Kopf einen Kranz, den sie aus dem Rest der Blüten gefertigt hatte.

Und Alfons? Der war überglücklich mit seiner Hildegard.

Nach einiger Zeit, als die Blumen verblüht waren, ließ sie Hildegard auf einem Backblech trocknen.

Mittlerweile sind viele Jahre vergangen und in der Abstellkammer stehen immer noch Schraubgläser mit Kamillenblüten.

Nachdem Alfons neun Speckknödel mit Gurkensalat gegessen hat und sich vor Schmerzen krümmt, ruft er:

„Hilfe! Mein Bauch platzt bald!“

Da gießt Hildegard sofort heißes Wasser über die getrockneten Blüten und kurze Zeit später kann Alfons schluckweise vom Kamillentee trinken.

„Hildegard, ich bin so froh, dass ich damals mit dir in die Gärtnerei gegangen bin. Wären wir nicht, so hätte es keine Hochzeit gegeben. Ich hätte keinen Kamillentee und würde nach neun Speckknödeln mit Gurkensalat immer unter fürchterlichen Bauchschmerzen leiden.“

DAS ROTE SCHAF EMIL

Der Bauer Vitus Krausehaar besaß einen großen Hof mit vielen Schafen. Eines Morgens, als er mit seiner Frau Pauline beim Frühstück saß, machte er einen Blick aus dem Fenster. Die Sonne schien, es war sehr heiß.

„Frau, hol mir die große Schere, ich muss auf die Alm, die Schafe müssen geschoren werden," sprach er mit forscher Stimme.

Pauline holte die große Scheren aus ihrem Nähkistchen große und gab sie ihm.

Der Bauer ging den Weg entlang, an einem Wasserfall vorbei und weiter über eine Wiese. Er sprang über Bäche und stieg immer höher hinauf, bis er bei seiner Alm ankam.

Die Schafe blökten und liefen ihm entgegen. Er begann sie zu zählen, 1, 2, 3, ... als er bei 78 ankam, war er glücklich. Alle Tiere lebten, keines war in die Schlucht gestürzt und zu Tode gekommen.

Inmitten der großen Schafe war ein kleines. „Emil", hatte es der Bauer Vitus Krausehaar gerufen.

Als die Tiere rund um den Bauer standen, nahm er die große Schere hervor und begann eines nach dem anderen zu scheren. Das Fell steckte er in einen großen Sack, um später daraus Wolle zu machen.

Als der kleine Emil an die Reihe kam, rief er: „Weg mit meinem Fell! Ich will anders als die anderen sein. Kein weißes Schaf, sondern ein rotes!“

Der Bauer war mit dem Scheren fertig und das weiße Fell gab er in einen Sack. Er steckte die große Schere ein und ging talwärts.

Emil sprang über einen Zaun, legte sich in die Sonne und streckte seine Beinchen in die Höhe.

Als die Sonne untergegangen war, erhob er sich, drehte und wendete sich und sah sich von allen Seiten an. „Hurra, meine Haut ist rot! Jetzt bin ich ein rotes Schaf!“

Er war überglücklich.

Am nächsten Tag, beim ersten Sonnenstrahl, war Emil schon wieder der erste, der sich in die pralle Sonne legte.

Die anderen Schafe grasten, und als es ihnen zu warm war, legten sie sich in den Schatten.

Plötzlich wurde es dunkel. Ein großer Schatten kam immer näher.

Die Schafe blökten: „Mäh, mäh, lauf schnell weg und verstecke dich!"

Emil hob seinen Kopf und erschrak. Er sah über sich einen riesengroßen Adler mit langen Krallen an seinen Füßen.

Emil wollte unter einen großen Stein springen und sich verstecken.

Aber da seine Haut rot war, konnte ihn der Adler überall sehen. Er stürzte sich auf ihn. Mit seinen langen Krallen hielt er Emil fest und flog mit ihm davon.

Die Schafe hatten große Angst. Sie hörten zu, grasen auf und liefen ins Tal.

„Mäh, mäh!“ schrie Emil und strampelte mit seinen Beinen.

Im Adlerhorst warteten schon die Jungen auf die Rückkehr der Mutter. Sie rissen ihre Schnäbel auf und kreischten vor Hunger.

Emil zitterte am ganzen Körper und blökte laut. Der Adler wollte ihn noch fester mit seinen langen Krallen umklammern, und da geschah es. Emil konnte sich befreien und fiel in den Wald.

„Das ist noch einmal gut gegangen!"

Er lief so schnell er konnte die Wiese entlang, am Wasserfall vorbei und schnurstracks ins Tal. Endlich stand er vor dem Bauernhof. Der Bauer und seine Frau waren gerade beschäftigt, die 77 Schafe in den Stall zu treiben, als Emil neben ihnen stand.

Sie erschraken, als sie seine sonnenverbrannte Haut sahen.

„Frau, geh ins Haus und hol den Topf mit Medizin!“

Die Bäuerin rieb ihn mit der Salbe ganz vorsichtig ein und band anschließend ein großes Tuch um seinen Leib.

Am nächsten Tag war die Röte verschwunden und nach einer Woche sah man schon wieder das weiße Fell nachwachsen.

„Was war ich doch für ein dummes Schaf! Nochmals so einen Sonnenbrand zu erleben, das halte ich nicht mehr aus!“